ざ
CLEANING

コロコロよみもノベル

ゾゾゾ ゾンビーくん

ZO ZO ZO ZOMBIE-KUN

新種《しんしゅ》のゾンビが大《だい》増殖《ぞうしょく》だゾ〜!!

ながとしやすなり

墓場《はかば》ってブキミだ……。
イサム《いさむ》

イサム《いさむ》くんは
小学《しょうがく》5年生《ねんせい》。
スポーツ《すぽーつ》が すきで
いつも 元気《げんき》なコ《こ》
なんですが……。

いや…ユーレイなんかいないしっ

オバケ《おばけ》や
ユーレイ《ゆーれい》は
にがてみたいです。

あ゛あ゛あ゛あ゛〜〜〜…
え。
墓地《ぼち》からへんな声《こえ》がきこえてきました。
なに…!?
あ゛あ゛あ゛あ゛〜…
ボッ
ズ
!!
じ、じめんから手《て》が…!?
ズッ…ズズ…

土《つち》の 中《なか》から
なぞの 怪物《かいぶつ》が
ブキミ《ぶきみ》な 声《こえ》を
はっして
あらわれました。

な、なにあれ〜っ!?
墓《はか》の 中《なか》からでてきたってコト《こと》は…。
ゾンビ《ぞんび》…!?
ゾンビ《ぞんび》とは死《し》んだ 人《ひと》がよみがえった不死身《ふじみ》のモンスター《もんすたー》なのです。
あ゛あ゛ー…
あ゛あ゛〜…
う゛〜…
う゛う゛…う…

お゛う゛…
え〜
とちゅうでひっかかってでられない
泣《な》いて こまっているのを 見《み》て、イサム《いさむ》は たすけて あげる ことに しました。
なんか、こわくなさそう…。
ツンビじゃない…!?
よしひっぱるよ。
グイ
グイ グイ…
ズポッ!
ぬけた!!

ギャアアア
体《からだ》がちぎれた～!!
し、死《し》んじゃった。どーしよ～っ!!

「体《からだ》が　ちぎれてるのに、うごけるなんて…!!」

「やっぱりゾンビ《ぞんび》だ!!」

イサム《いさむ》は　あんぜんなところに　かくれました。

そして　ゾンビ《ぞんび》の　ようすを　うかがっていると…、

ちぎれた体《からだ》がキ《き》レ《れ》イ《い》にくっつきました。
ピクッ
すげー
みつかったーっ!!
ギロッ
あ゙あ゙ー
わあああっ

ガ
プ
え

どうやら
この ゾンビ《ぞんび》は、
人間《にんげん》じゃなくて
ものを たべるのが
すき みたいです。
むしゃむしゃ
もぐもぐ
バキメキ
バリボリ
まんぷくー
お゛ー
いぶくろ
バリ
わぁーっ
みせなくて
いいし～っ!!

そのとき うしろから ブキミ《ぶきみ》な 声《こえ》が きこえました。
ゔゔ〜
あ゙ゔー
え!?
なんと ゾンビ《ぞんび》に かじられた ものが、
あ゙ー
ゔあ゙ー
あ゙ー
ゔー
かまれたら ゾンビ《ぞんび》に なるんだーっ!?
みんな ゾンビ《ぞんび》に なって しまいました。
あ゙ゔー
あ゙ー
ゔー

まちじゅうゾンビ《ぞんび》だらけ!!
かいじゅー
時差式信号

Z
ちゅうい

あ゛あ゛ー
やっ、やっぱり
オレ《おれ》の ことも
ゾンビ《ぞんび》に
する気《き》だ!!
ゾンビ《ぞんび》は イサム《いさむ》を
おいかけて きました。
うわああっ
あっ、
いきどまり…!!
ザッ
あ゛あ゛ーー
わああっ!!

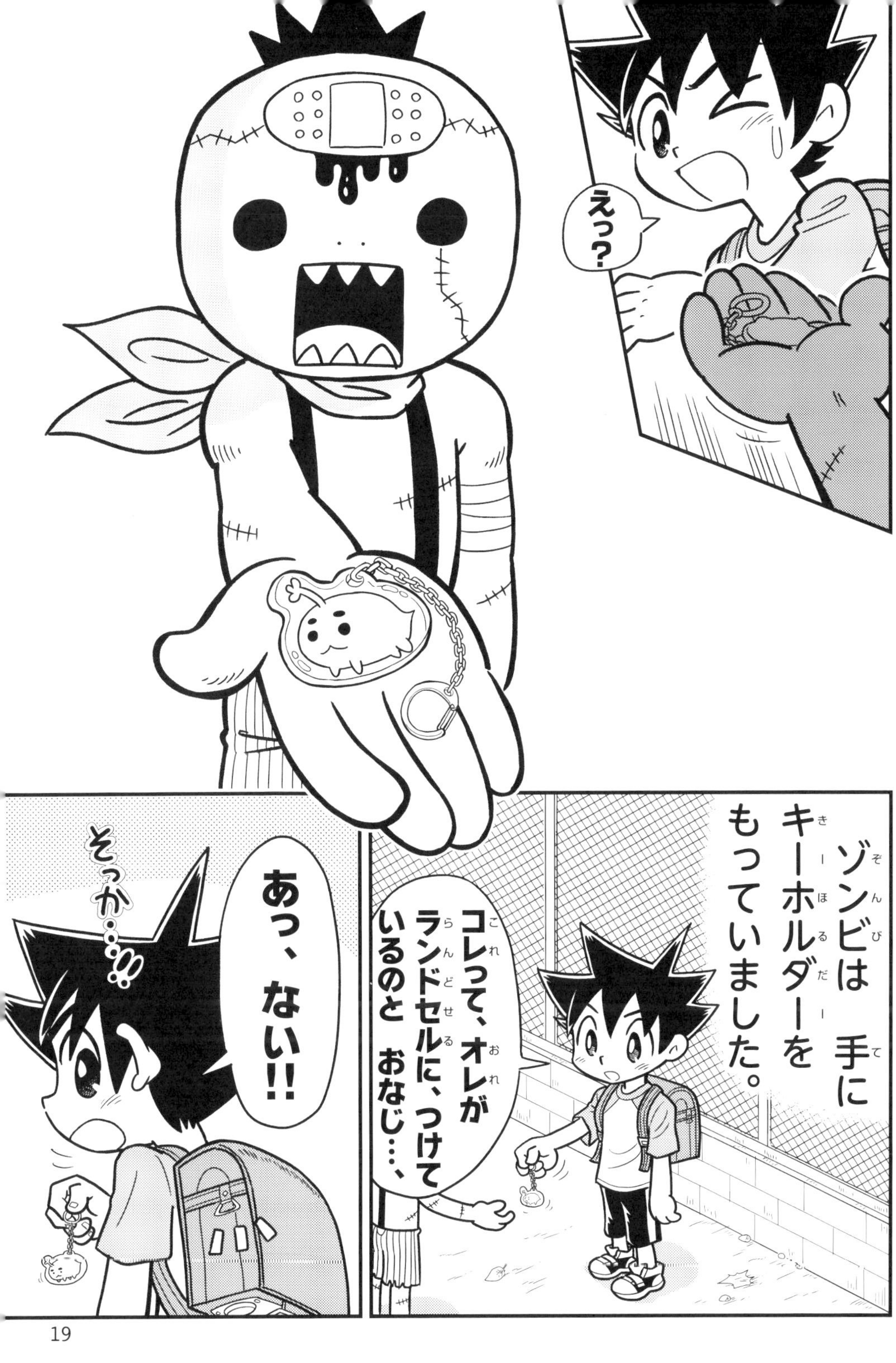
えっ？
ゾンビ《ぞんび》は 手《て》に
キーホルダー《きーほるだー》を
もっていました。
コレ《これ》って、オレ《おれ》が
ランドセル《らんどせる》に、つけて
いるのと おなじ…、
あっ、ない!!
そっか…!!

そうです。
このゾンビ《ぞんび》は
おとしものを
わたすために、

オマエ、いいヤツだったのか…
かんちがいしてゴメン…
あ゛ー

イサム《いさむ》を
おいかけて
いたのでした。

ふたりは
いい友《とも》だちに
なりそうです。

あ゛あ゛ー
う゛ー
ゆー
オマエ《おまえ》は　内臓《ないぞう》
おとしてるぞっ!!
かんぞー
しんぞー
すいぞー
いぶくろ

ゾンビー《ぞんびー》くんのひみつ

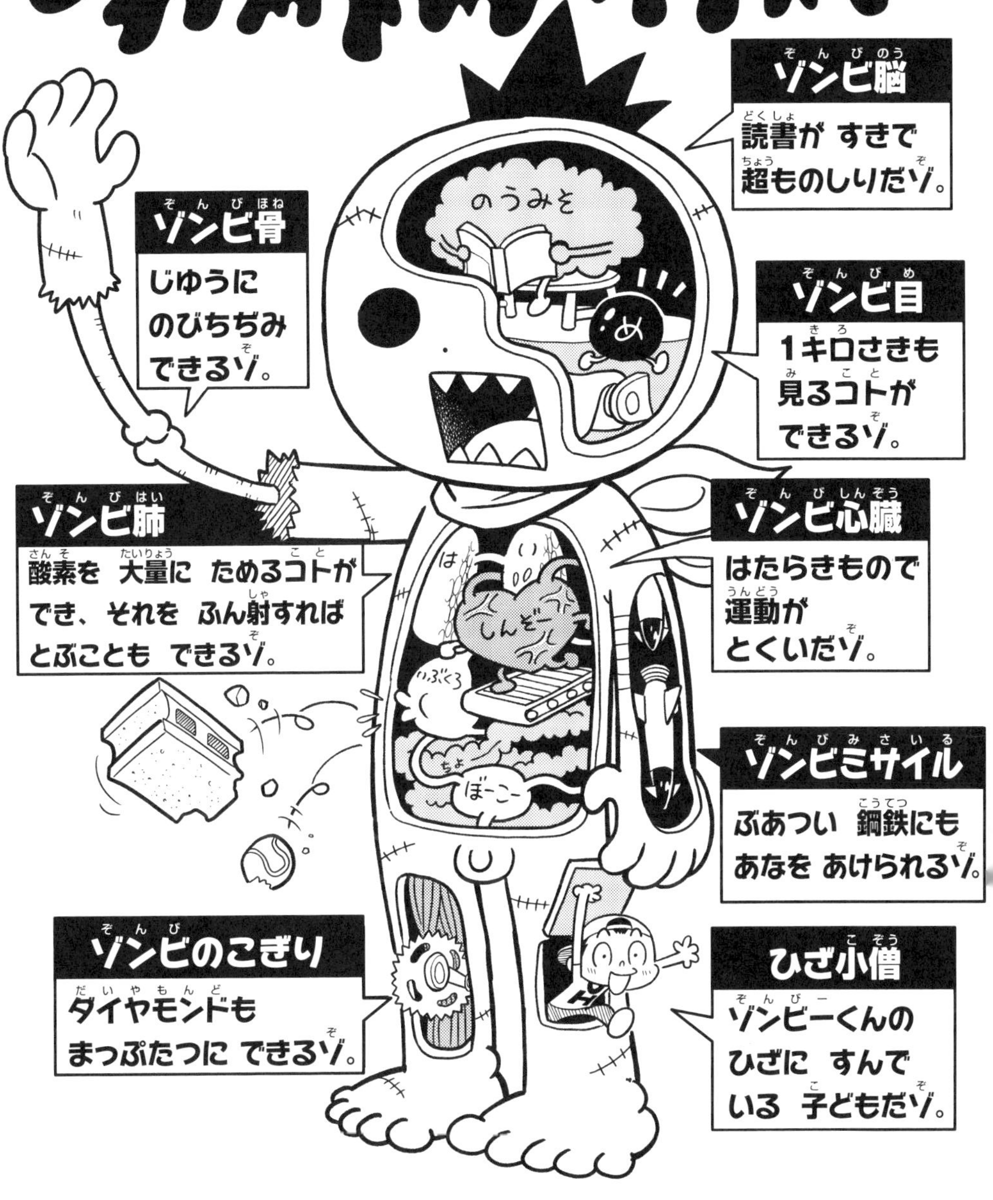

ゾンビ脳《ぞんびのう》
読書《どくしょ》が すきで
超《ちょう》ものしりだゾ《ぞ》。
ゾンビ骨《ぞんびほね》
じゆうに のびちぢみ できるゾ《ぞ》。
のうみそ
め
ゾンビ目《ぞんびめ》
1キロ《きろ》さきも 見《み》るコト《こと》が できるゾ《ぞ》。
ゾンビ肺《ぞんびはい》
酸素《さんそ》を 大量《たいりょう》に ためるコト《こと》が でき、それを ふん射《しゃ》すれば とぶことも できるゾ《ぞ》。
は
しんぞー
いぶくろ
ちょ
ぼーこー
ゾンビ心臓《ぞんびしんぞう》
はたらきもので 運動《うんどう》が とくいだゾ《ぞ》。
ゾンビミサイル《ぞんびみさいる》
ぶあつい 鋼鉄《こうてつ》にも あなを あけられるゾ《ぞ》。
ゾンビ《ぞんび》のこぎり
ダイヤモンド《だいやもんど》も まっぷたつに できるゾ《ぞ》。
ひざ小僧《こぞう》
ゾンビー《ぞんびー》くんの ひざに すんで いる 子《こ》どもだゾ《ぞ》。

つぎの日《ひ》
イサム《いさむ》は　友《とも》だちと
ゾンビー《ぞんびー》くんを
さがしていました。
どこにいるんだろ…。
HUNGRY
まる太《た》
レナ《れな》

「ホント《ほんと》にゾンビ《ぞんび》いるの？」

「うん…。」

「ゾンビ《ぞんび》こわい…。」

あっ、いた!!
ジンビーレーん
ーって、はなみず すごっ!!
ぁ゛～…
ズルズル～

どうやらゾ《そ》ン《ん》ビ《び》ー《ー》くんはカ《か》ゼ《ぜ》をひいたようです。
ゔうゔ…
ゾ《そ》ン《ん》ビ《び》こわい…
ホントにいたんだ…
だいじょうぶ?
あ゛っぐしょっ
わあっ!
はなみず
あ゛っぐしょ
あ゛っぐしょ
あ゛っぐしょ
ヒィ～
キャー

まちは
ゾンビー《ぞんびー》
くんの、
はなみず
だらけに
なりました。
あ゛あ゛～…
そして
カゼ《かぜ》は
なおった
みたいです。
あ゛あ゛ー!!
はやっ!!
ってゆーか…
はなみずが
うごいてる…!?
ホントだ!
ズズ…
ズ…
ズーズーズーズー…
みんな
くっついてく…!!

ミーズゥー
えー

ゾンビー《ぞんびー》くんのはなみずはひとつになり、
な…なにコイツ!?
きょだいなモンスター《もんすたー》になりました。
ミズー
キャー
口《くち》から ミニサイズ《みにさいず》のヤツ《やつ》が～っ!!
HUNGRY

まる太《た》、だいじょうぶかっ?
う…うう…
あ゛あ゛あ゛〜〜
えーっ
まる太《た》がゾンビ《ぞんび》になってしまいました。
どういうことでしょう…!?

ミ《み》ズ《ず》ー
そうか！ ゾンビー《ぞんびー》くんの はなみずから 生《う》まれた アイツ《あいつ》も、ゾンビ《ぞんび》なのよ!!
あ〜
だ、だから はなみずゾンビ《ぞんび》が 体内《たいない》に はいると ゾンビ《ぞんび》化《か》するのか!!
ゲシッ
ゾンビ化《か》 こわ〜〜
あう〜
オマエ《おまえ》は もともと ゾンビ《ぞんび》だから こわくないだろっ!!
はなみずゾンビ《ぞんび》は つぎつぎと まちの 人《ひと》を おそいました。

10体《たい》の 変種《へんしゅ》ゾンビ《ぞんび》を さがそう！

①ゆきだるまゾンビ《ぞんび》　②まじょゾンビ《ぞんび》
③パンダゾンビ《ぱんだぞんび》　④とうふゾンビ《ぞんび》
⑤おばけゾンビ《ぞんび》　⑥ロボゾンビ《ろぼぞんび》
⑦ホネゾンビ《ほねぞんび》　⑧サムライゾンビ《さむらいぞんび》
⑨サメゾンビ《さめぞんび》　⑩5つ子《ご》ゾンビ《ぞんび》
（ふくに　すうじ）

にげろ〜っ!!
キャー
とうふ
ゆきだるま

イサム《いさむ》たちは
おおぜいの
ゾンビ《ぞんび》から、
なんとか
にげるコト《こと》が
できました。
はなみずゾンビ《ぞんび》の ヤツ《やつ》
せかいじゅうの 人《ひと》を
ゾンビ《ぞんび》に する気《き》だ!!
えー
はなみずゾンビ《ぞんび》を
やっつける方法《ほうほう》
ないのかなぁ…。
ホワ
ホワ
あー!!
あっ、なにか
おもいついたな!?
しりません
おもいついたときの
フキダシ《ふきだし》じゃ
なかったんだ…。
あぁー
ポン
えっ、しりあいの、
記憶力《きおくりょく》バツグン《ばつぐん》の
ヤツ《やつ》
なら しってるかもって?

パカッ
のうみそ
ピョオ〜ン
ゆっ
ゾンビー《ぞんびー》くんの しりあいとは、 じぶんの のうみそ でした。
ゾンビーくんの ないぞうって うごくんだ…
はなみずゾンビ《ぞんび》を たおす 方法《ほうほう》 しってる？
のうみそ
キュッ
キュキュッ
★ 30・31ページ《ぺーじ》の こたえ ★
にげろ〜っ!!
10体の 変種ゾンビを さがそう！
①ゆきだるまゾンビ ②まじょゾンビ
③パンダゾンビ ④とうふゾンビ
⑤おばけゾンビ ⑥ロボゾンビ
⑦ホネゾンビ ⑧サムライゾンビ
⑨サメゾンビ ⑩5つ子ゾンビ（ふくに すうじ）

ワクチン
のうみそ
ワクチン《わくちん》!!
ワクチン《わくちん》って、びょうきの かんせんを ふせぐ くすりの コト《こと》?
そっか!
ゾンビウイルス《ぞんびういるす》に きく ワクチン《わくちん》が あるんだね!!
のうみそ

はなみずゾンビ《ぞんび》を
たおせるワクチン《わくちん》…、

いったい どこに
あるのでしょう…!?

きっと　さがすの
たいへんよ…。
タプ
タプ
のうみそ
えっ、スマホ《すまほ》!?
9:15
98%
ワクチン
ワクチン
マップ《まっぷ》に
のってんの〜っ!?
あるいて
いけるわ!!
よし
いこう!!
さあ、ワクチン《わくちん》を
ゲット《げっと》するために
しゅっぱつです!!
お゛お゛ー

ワクチン《わくちん》をさがせ!!
ただしいルート《るーと》を
えらんで、ゴール《ごーる》を
めざそう!!
この道《みち》をまっすぐだな。
のうみそ
ああー
1
スタート《すたーと》!
あ、公園《こうえん》をぬけた方《ほう》が近《ちか》いかも…。
どっちにすすもうか…。
そーなんだー
ろっこつこうえん
ふつうの 道《みち》を いく。
7へ すすむ。
公園《こうえん》を ぬけて いく。
3へ すすむ。

2
マンホール《まんほーる》の 中《なか》って ゴミ《ごみ》が すごいな…。
ザザーー
!!
あ゛あ゛ あ゛〜
な、なに コイツ《こいつ》〜ッ《つ》!?

なぞの モンスター《もんすたー》が…!!

➡ 18 へ すすむ。

3
公園《こうえん》を ぬけて 近道《ちかみち》だ!!
あ゛ぁ゛あ゛あ゛ーー…
あっ
ここにも ゾンビ《ぞんび》が!!
トイレ《といれ》に かくれよう!!
TOILET
あれ、ゾンビー《ぞんびー》くんは?
キーコー
キーコー
お゛ー♥
あそんでる ばあいかっ!!

トイレ《といれ》に かくれる。➡ 10 へ すすむ。

ブランコ《ぶらんこ》で あそぶ。➡ 8 へ すすむ。

4
ド・ン
いぶくろ
おー!!
いぶくろボンバー《ぼんばー》

ゴミゾンビ《ごみぞんび》は
ダメージ《だめーじ》を うけ
フラフラ《ふらふら》です。

「やったー! いまの
うちに すすもう!!」

つん
つん
のうみそ
ワクチン《わくちん》の
ばしょは この上《うえ》か!!

ついた!!

いよいよ
ワクチン《わくちん》が ある
ばしょへ!!
12へ すすむ。

5
にょにょ
マジ《まじ》でやねに腸《ちょう》がはこんでくれた!!
にょにょ〜

ゾンビ《ぞんび》はたかいところにはのぼれないみたいです。

やったー
うぅ～
あぁ～
あ～

バサバサ
バサ

カラス《からす》もゾンビ《ぞんび》に～!!
カラス《からす》ゾンビ《ぞんび》

カラスゾンビ《からすぞんび》にやられて、イサム《いさむ》たちはゾンビ《ぞんび》になってしまいました。

あ～
うあ～

失敗《しっぱい》!

1へ もどる。

6
なにもないなぁ…。
えっ、仲間《なかま》を よんで いっしょに さがして もらうって?
ああ!!
わあー
仲間《なかま》って…、内臓《ないぞう》かーい!
いぶくろ
しょくど
は
い
ぼーこー
おーかくまく
しんぞ
かんぞー
すいぞー

ワクチン《わくちん》は、どこ!? ➡ 9 へ すすむ。

7
よし、ぜんぜんゾンビ《ぞんび》いない!!
やった!!

まちぶせしてた～!!
あ゛ー
あ゛ー
う゛ー

失敗《しっぱい》！

1へ もどる。

イサム《いさむ》たちはゾンビ《ぞんび》におそわれ、ゾンビ《ぞんび》に なってしまいました。
あ゛あ゛ー
う゛ー

8
あーー
えっ、いっしょにブランコ《ぶらんこ》にのれって!?
ブーンブーン
ブーッ
ピョーン
ブーン
おーっ
ゾンビー《ぞんびー》くんは大《だい》ジャンプ《じゃんぷ》でゾンビ《ぞんび》からにげました。

公園《こうえん》を　ぬけて➡11へ　すすむ。

9

イサム《いさむ》たちは
空《あき》地《ち》を　くまなく
さがしました。

そしてー、

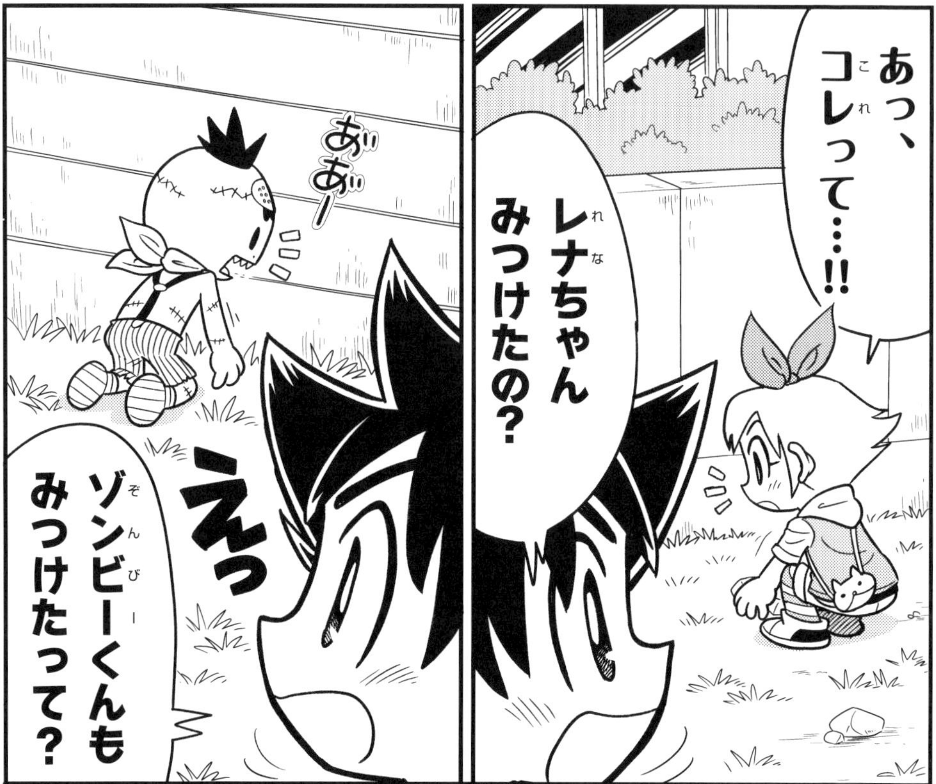

あっ、コレ《これ》って…!!
レナ《れな》ちゃん みつけたの?
あ゛あ゛ー
えっ
ゾンビー《ぞんびー》くんも みつけたって?

レナ《れな》の　方《ほう》へ　いく。➡ 13 へ　すすむ。

ゾンビー《ぞんびー》くんの　方《ほう》へ　いく。➡ 17 へ　すすむ。

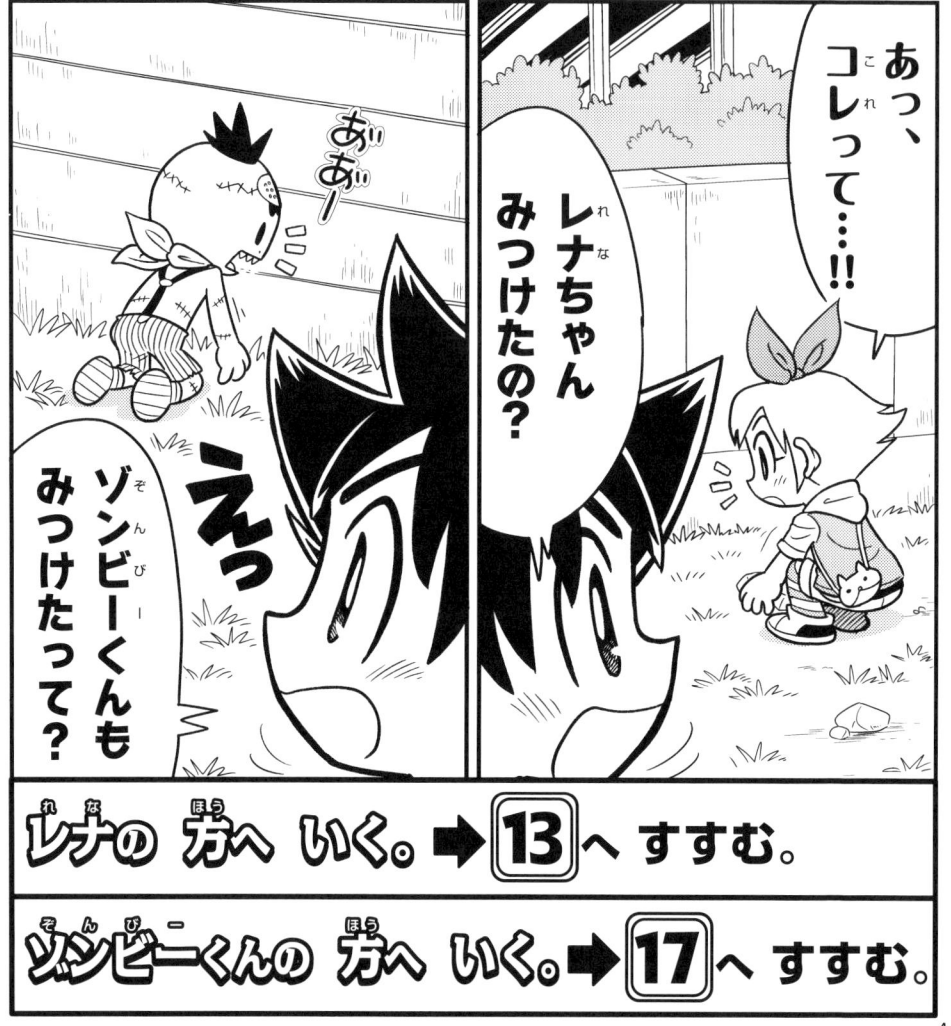

10
TOILET
トイレ《といれ》にかくれろ!!
ココ《ここ》にいればだいじょうぶだ!!
じょろろろー
ーって、ゾンビ《ぞんび》もおしっこすんの？
あー
うー
ゔぁー
あぁー
うひゅーっ
キャー

イサム《いさむ》たちはおそわれゾンビ《ぞんび》になりました。

あ゛ー
ゔゔー

失敗《しっぱい》！

1へ もどる。

11

いそげー
ワクチン《わくちん》のばしょまでもうすこしです。
うー
あ゛ー
う゛ー
あ゛ー
あぁ゛〜
あっ、ゾンビ《ぞんび》がいっぱいですすめない!!
マンホール《まんほーる》の中《なか》をいけないかな?
なるほど!!
あぁー
えっ、やねの上《うえ》をいこうって?のぼれないし…。

腸《ちょう》で上《うえ》まではこんでくれるみたいです。
あぁ゛ー
え〜〜

マンホール《まんほーる》をいく。

15へすすむ。

やねの上《うえ》をいく。

5へすすむ。

12

ワクチン《わくちん》が　ある　ばしょは、ココ《ここ》なんだけど…。
ただの　空地《あきち》で　なにもないよね…。
あ゛…！

どういうこと
でしょう…。
じょうほうが
まちがっていた
のでしょうか!?

もしかしたら　どこかに、かくされて　いるのかも!!
さがしてみよう！

キキッ
キミ《きみ》たち　なに　してるの？　いっしょに　にげよう！
えっ

空地《あきち》を　さがす。

6へ　すすむ。

くるまに　のる。

19へ　すすむ。

13
見《み》て！ 石《いし》を よけたら
こんな あなが!!
あ
きっと、
この中《なか》に
ワクチン《わくちん》が!!
キラーン
!!

もぐら
ゾンビ《ぞんび》
おぐー
わっ!!

もぐらゾンビ《ぞんび》に
おそわれ、
イサム《いさむ》たちは
ゾンビ《ぞんび》に なりました。

う゛ー
あ゛ー

失敗《しっぱい》!

1へ もどる。

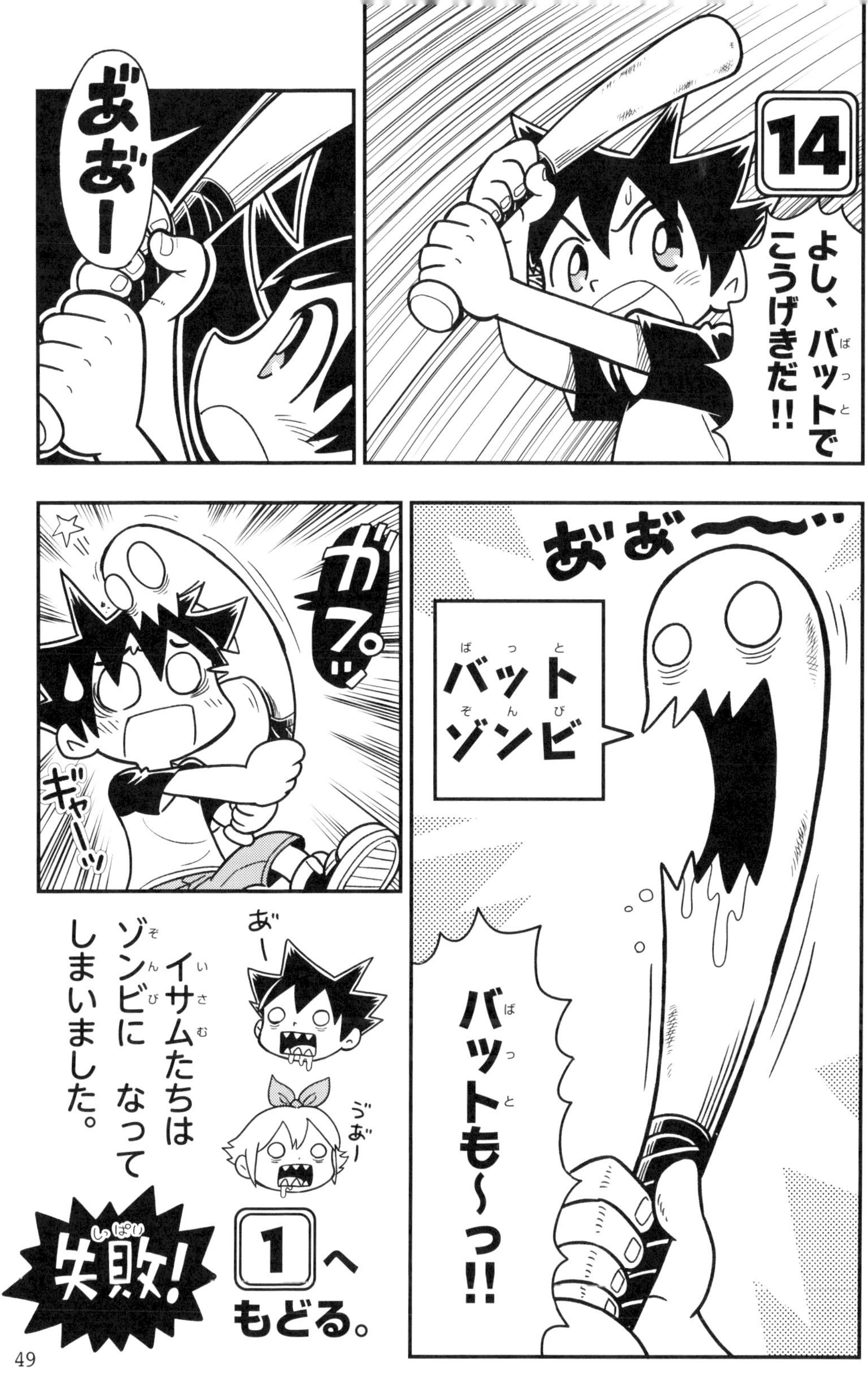
14
よし、バット《ばっと》でこうげきだ!!
お゛お゛ー
お゛お゛ーー゛
バット《ばっと》
ゾンビ《ぞんび》
バット《ばっと》も〜っ!!
ガプッ
ギャーッ
あ゛ー
う゛あ゛ー
イサム《いさむ》たちはゾンビ《ぞんび》に なってしまいました。
失敗《しっぱい》!
1へもどる。

15
下水道《げすいどう》の 中《なか》には ゾンビ《ぞんび》は いない っぽいな…。
でも、くらくて あるきづらい…。
そだね…
ピカー
かいちゅうでんとう もってたの?
ゾンビ内臓《ぞんびないぞう》 ライト袋《らいとぶくろ》
あ゛ー
ゾンビ《ぞんび》って そんな内臓《ないぞう》が あるの～っ!?

下水道《げすいどう》を あるいて ➡ 2 へ すすむ。

16

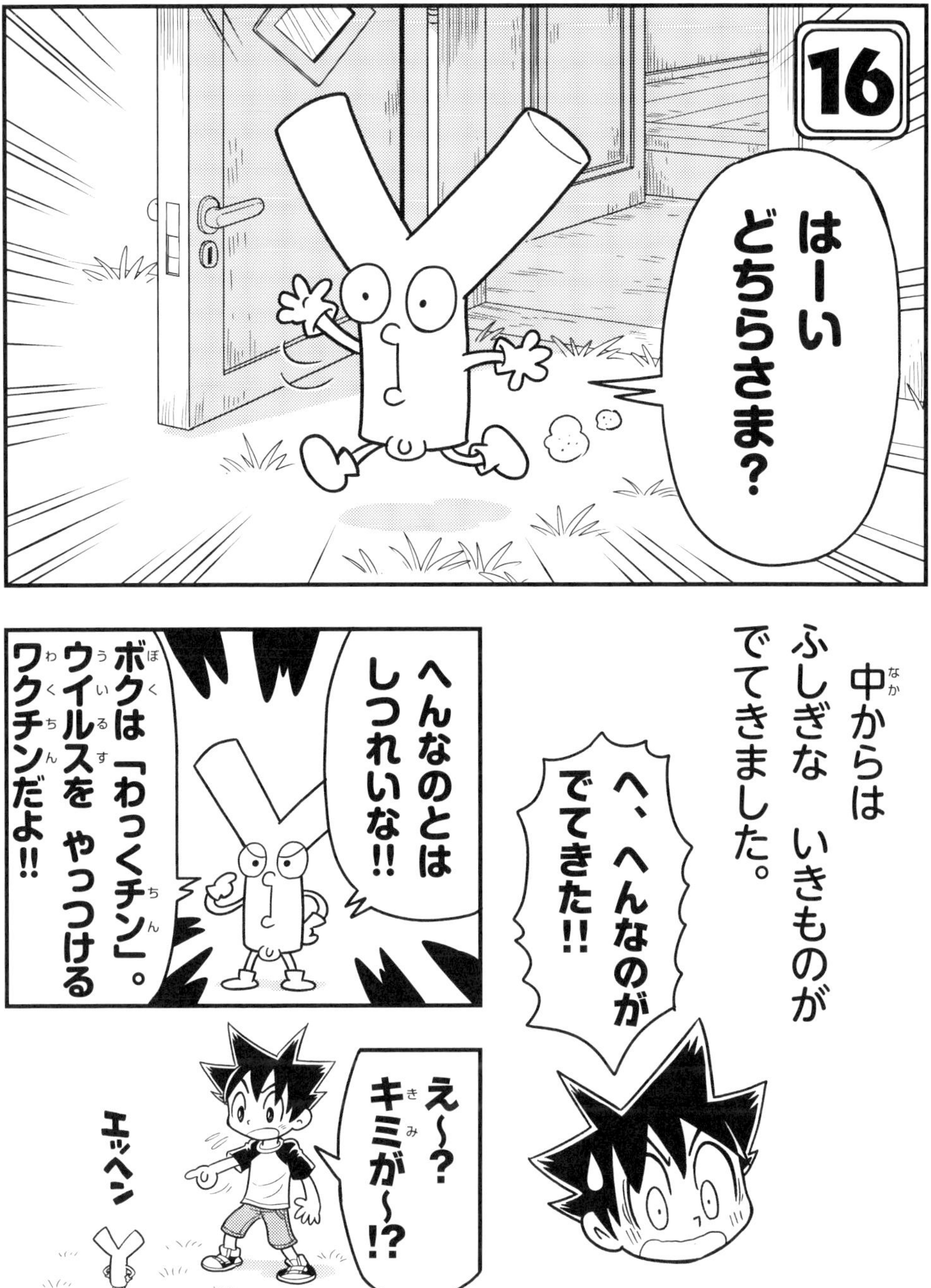
はーい どちらさま？
中《なか》からは ふしぎな いきものが でてきました。
へ、へんなのが できた!!
へんなのとは しつれいな!!
ボク《ぼく》は「わっくチン《ちん》」。ウイルス《ういるす》を やっつける ワクチン《わくちん》だよ!!
え〜？ キミ《きみ》が〜!?
エッヘン

ワクチン《わくちん》 ゲット《げっと》！➡ 20 へ すすむ。

17
コ《こ》レ《れ》は…!?
げんかんの ドア《どあ》!?
インターホン《いんたーほん》も あるけど…。
おしてみよ。
ピンポ〜ン
ガチャ

だれが でてくる!? ➡ 16 へ すすむ。

18

ヒョコ ヒョコ
あっ、ミニ《みに》はなみずゾンビ《ぞんび》!!
あ゛あ゛ーーー〜〜…
コイツ《こいつ》もゾンビ《ぞんび》なのか!!
ゴミゾンビ《ごみぞんび》
たおさなきゃすすめない…!!
ゾンビー《ぞんびー》くんなにか ぶきある?
あ゛あ゛ー
いぶくろ
いぶくろ!?

いぶくろで
こうげき!
4へ すすむ。
バット《ばっと》で
こうげき!
14へ すすむ。

イサム《いさむ》くん、バット《ばっと》が おちてた!!
お!

19
とりあえず あんぜんちたいに にげよう!!
ガチャ
おねがい します!!
ニセ《にせ》 にんげん
え!
くるまゾンビ《ぞんび》
ニセ人間《にせにんげん》を つかい 人《ひと》を だます。
わあぁっ!!
あ゛あ゛ー
つかまえたああ
イサム《いさむ》たちは くるまゾンビ《ぞんび》に おそわれ、ゾンビ《ぞんび》に なりました。
ギャアアー
失敗《しっぱい》!
1 へ もどる。

20

イサム《いさむ》は
わっくチン《ちん》に、
はなみずゾンビ《ぞんび》を
たおして
ほしいと
おねがいしました。

こうして　イサム《いさむ》たちは
ワクチン《わくちん》を、手《て》に　入《い》れる
コト《こと》に　せいこう　しました。
もちろん
OK《おーけー》だよ!!
あ゛ー
やったー!!
ゴール《ごーる》!

← つぎの　ページ《ぺーじ》へ　すすもう!

それじゃ 仲間《なかま》を よぶよ。
オーイ

わっくチン《ちん》が げんかんに むかって 声《こえ》を かけると…。

ゾロ ゾロ
ゾロ ゾロ

いろんな かたちの わっくチン《ちん》が つぎつぎと でて きました。

ゾンビウイルス《ぞんびういるす》は
1ぴきずつ、ゆうこうな
わっくチン《ちん》が　ちがうよ。
頭《あたま》の　かたちが
あわなきゃ
たおせないんだ。
たしかに
いろんなツノ《つの》の
はなみずゾンビ《ぞんび》
いたっぽーい。
にょ
ぐい
ぐい
ゾンビー《ぞんびー》くんは
かえなくて
イイ《いい》よ!!
よし、みんなで
はなみずゾンビ《ぞんび》を
たおそう!!
あっ、ゾンビ《ぞんび》!!
もともと、人間《にんげん》だから
こうげきできないし…!!

スタート《すたーと》！
きょじん

ゾンビ《ぞんび》を さけて ゴール《ごーる》まで いこう!!

空《そら》にいる ゾンビ《ぞんび》の 下《した》や けむりの 下《した》は とおれるゾ《ぞ》。

★ 58・59ページ《ぺーじ》の こたえ ★

ゾンビを さけて ゴールまで いこう!!
スタート!

イサム《いさむ》たちは なんとか ゾンビ《ぞんび》の しゅうだんを ぬけました。
みんな だいじょうぶ?

あ゛あー
だいじょうぶだよ!!
めっちゃ かじられてるし〜っ!!
キラーン
ミズー!!

バクッ
ああっ、ミニ《みに》はなみずゾンビ《ぞんび》が…!!
あゔ～～…
レナ《れな》ちゃんまでゾンビ《ぞんび》に…!!
ゔゔ～
ドドドドド
めっちゃきた～っ!!
ミーズー
よし、わっくチン《ちん》軍団《ぐんだん》こうげきだーっ!!

ミニ《みに》はなみずゾンビ《ぞんび》の　ツノ《つの》の　かたちに　フィット《ふぃっと》する　わっくチン《ちん》を　くみあわせて　やっつけよう!!

ミニ《みに》はなみずゾンビ《ぞんび》が
1ぴきのこるよ。

ミニ《みに》はなみずゾンビ《ぞんび》はのこり1ぴきになりました。
きえ〜

★ 62ページ《ぺーじ》の　こたえ ★

①－H《えいち》
②－K《けー》
③－I《あい》
④－G《じー》
⑤－J《じえい》
⑥－A《えー》
⑦－B《びー》
⑧－×
⑨－D《でぃー》
⑩－F《えふ》
⑪－C《しー》
⑫－E《いー》

ズボッ
あっ、しまった…!!
うううう…
あ゛あ゛ー
ゾ《ぞ》、ゾンビー《ぞんびー》くん。せかいを…、
せかいを…すくってくれ…。

とうとう
イサム《いさむ》まで
ゾンビ《ぞんび》に　なって
しまいました。

お゛お゛～～
ゔー！

ゾンビ《ぞんび》化《か》した
人間《にんげん》を、もとに
もどすには——、
あ゛あ゛ー
ゔあー
はなみずゾンビ《ぞんび》
本体《ほんたい》を　さがそう!!
ゔ～～…

はなみずゾンビ《ぞんび》本体《ほんたい》を、たおすしかありません！

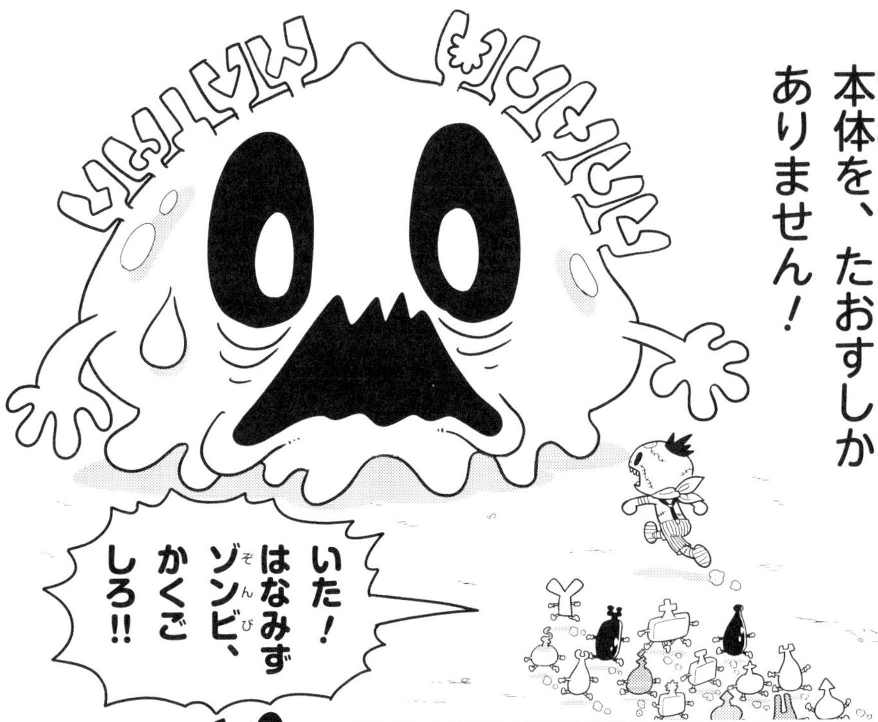

いた！はなみずゾンビ《ぞんび》、かくごしろ!!

はなみずゾンビ《ぞんび》本体《ほんたい》には10本《ぼん》の ツノ《つの》が ある!!
だから、たおすには10ぴきの わっくチン《ちん》が ひつようなんだ!!

ピュー
あっ、にげた!!
まてー
あぁー

ゾンビー《ぞんびー》くんたちはあとを おいました。

さいごのたたかいです!!

はなみずゾンビ《ぞんび》を　さがせ！

○絵《え》を　さかさまにも、してみてね。
○はなみずゾンビ《ぞんび》を　たおせる
10ぴきの　わっくチン《ちん》も
さがしてみよう！

こんにゃく
ゾンビ
ピザ

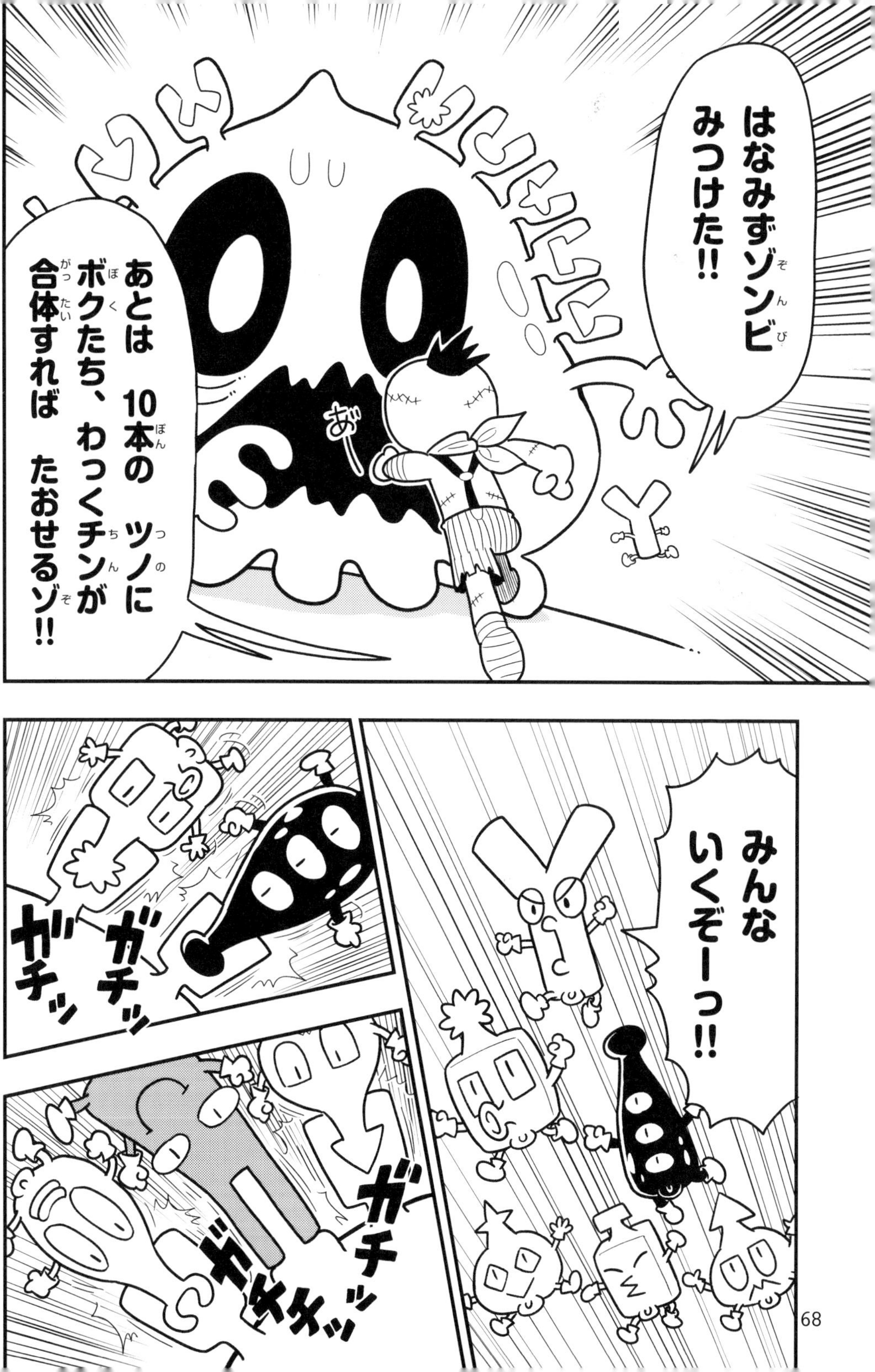
はなみずゾンビ《ぞんび》みつけた!!
あとは 10本《ぼん》の ツノ《つの》にボク《ぼく》たち、わっくチン《ちん》が合体《がったい》すれば たおせるゾ《ぞ》!!
あ゛
みんな いくぞーっ!!
ガチッ
ガチッ
ガチッ

ミズ・・・
ヨロ…
ヨロ…
半分《はんぶん》、合体《がったい》して ダメージ《だめーじ》を うけてるゾ《ぞ》!!
のこりの ツノ《つの》にも 5本《ほん》の 合体《がったい》だ!
わっくー
わっくー
わっくー
バ

★ 66・67ページ《ぺーじ》の こたえ ★

はなみずゾンビを さがせ!
○絵を さかさまにも、してみてね。
○はなみずゾンビを たおせる
10匹の わっくチンも
さがしてみよう!

まだ 元気《げんき》が ある! なんて ウイルス《ういるす》だ…。
あ゛ー
バリッ

あ゛ー!!
肺《はーい》
ブレスター《ぶれすたー》!!
ブオオッ
ドゴッ
肺《はい》ブレスター《ぶれすたー》は
空気《くうき》の ミサイル《みさいる》で、
その いりょくは
バツグン《ばつぐん》です。
合体《がったい》する
チャンス《ちゃんす》だ!!
ガチッ
ガチ
ガチチ

よし、ラスト《らすと》はボク《ぼく》だーっ!!
わっくー!!
ガシッ
あっ!!
はなみずゾンビ《ぞんび》に つかまった わっくチン《ちん》は みうごき できなく なりました。
くそ…
ボク《ぼく》が 合体《がったい》すれば、たおせるのに…。
おーっ!!
ドーン

キャハハハハハ
ハハ
こちょこちょ
こちょこちょ
くすぐった〜い!!
パッ
よし!!
ガチッ
合体《がったい》!!
ミズ…
ミズズ…
ミズゥ〜〜ッ

10ぴきの
わっくチン《ちん》に
合体《がったい》された
はなみずゾンビ《ぞんび》は、

こっぱみじんに
ふきとびました。

まちの人《ひと》たちやまる太《た》、レナ《れな》たちは、
もとの 人間《にんげん》に もどりました。
そしてー。
ゾンビー《ぞんびー》くん。
じんるいを すくって くれて、 ありがとう!!
HUNGRY

イサム《いさむ》も
もとに　もどり、
ゾンビー《ぞんびー》くんとの
ゆうじょうも、より
ふかまった　ようです。

こうして
せかいは　すくわれ、
ふたたび　へいわが
もどりました。

☆おわり☆

コロコロよみもノベル

ゾゾゾ ゾンビーくん 新種のゾンビが大増殖だゾ〜!!

ながとしやすなり

1966年8月31日、鳥取県出身。1998年、「ジャングル・ジムジム」で第42回小学館新人コミック大賞児童部門藤子不二雄賞を受賞。同年、「うちゅう人田中太郎」(月刊コロコロコミック)でデビュー。第45回小学館漫画賞(児童部門)受賞。代表作「うちゅう人田中太郎」、「ミラクルボール」、「ゴロロ」、「ゾゾゾ ゾンビーくん」、「けだまのゴンじろー」。

●この本の感想を編集部までおよせください●
あて先 〒101−8023 日本郵便株式会社神田郵便局私書箱93号
小学館コロコロコミック編集部 「コロコロよみもノベル ゾンビーくん」係

2025年3月10日 初版第1刷発行

著 者/ながとしやすなり
企 画・編 集/柴田亮
装 丁・デザイン/山岸優子
制 作/後藤直之、友原健太、渡邊和喜、斎藤陽子
販 売/竹中敏雄、藤河秀雄、足立冬太、北村弘充
宣 伝/根來大策、内山雄太

発行人/縄田正樹 編集人/益江宏典
発行所/株式会社小学館 〒101-8001東京都千代田区一ツ橋2−3−1
電 話/(編集)03−5211−2991 (販売)03−5281−3555
印 刷/大日本印刷株式会社 製 本/牧製本印刷株式会社

ISBN978-4-09-289811-0

CINEMA
POLICE
FIRE STATION
DANGER
SHOP
5